Chers amis ro[...]
bienvenue dans le monde de

Geronimo Stilton

LA RÉDACTION
DE *L'ÉCHO DU RONGEUR*

1. Clarinda Tranchette
2. Sucrette Fromagette
3. Sourine Rongeard
4. Soja Souriong
5. Quesita de la Pampa
6. Chocorat Mulot
7. Sourisia Souriette
8. Patty Pattychat
9. Pina Souronde
10. Honoré Tourneboulé
11. Val Kashmir
12. Traquenard Stilton
13. Dolly Filratty
14. Zap Fougasse
15. Margarita Gingermouse
16. Mini Tao
17. Baby Tao
18. Gogo Go
19. Ralph des Charpes
20. Tea Stilton
21. Coquillette Radar
22. Geronimo Stilton
23. Pinky Pick
24. Yaya Kashmir
25. Sourina Sha Sha
26. Benjamin Stilton
27. Sourinaute Sourceau
28. Souvnie Sourceau
29. Sourisette Von Draken
30. Chantilly Kashmir
31. Blasco Tabasco
32. Souphie Saccharine
33. Raphaël Rafondu
34. Larry Keys
35. Mac Mouse

Texte de Geronimo Stilton
Illustrations de Larry Keys, revues par Raturo Ratronchi
Maquette de Merenguita Gingermouse
Couverture de Larry Keys
Traduction de Titi Plumederat

Les noms, personnages et intrigues de Geronimo Stilton sont déposés. Geronimo Stilton est une marque commerciale, propriété exclusive des Éditions Piemme S.P.A. Tous droits réservés. Le droit moral de l'auteur est inaliénable.

www.geronimostilton.com

Pour l'édition originale :
© 2000 Edizioni Piemme S.P.A. Via del Carmine, 5 – 15033 Casale Monferrato (AL) – Italie
sous le titre *Ci tengo alla pelliccia, io !*
Pour l'édition française :
© 2004 Albin Michel Jeunesse – 22, rue Huyghens – 75014 Paris – www.albin-michel.fr
Loi 49 956 du 16 juillet 1949 sur les publications destinées à la jeunesse
Dépôt légal : second semestre 2004
N° d'édition : 13071
ISBN : 2 226 15318-7
Imprimé en France par l'imprimerie Clerc à Saint-Amand-Montrond

Stilton est le nom d'un célèbre fromage anglais. C'est une marque déposée de Stilton Cheese Makers' Association. Pour plus d'information, vous pouvez consulter le site www.stiltoncheese.com

Geronimo Stilton

GARE AU YETI !

ALBIN MICHEL JEUNESSE

GERONIMO STILTON
SOURIS INTELLECTUELLE,
DIRECTEUR DE *L'ÉCHO DU RONGEUR*

TÉA STILTON
SPORTIVE ET DYNAMIQUE,
ENVOYÉE SPÉCIALE DE *L'ÉCHO DU RONGEUR*

TRAQUENARD STILTON
INSUPPORTABLE ET FARCEUR,
COUSIN DE GERONIMO

BENJAMIN STILTON
TENDRE ET AFFECTUEUX,
NEVEU DE GERONIMO

JE NE VEUX PAS DEVENIR CHAUVE !!!

Ça a commencé comme ça.

Ce soir-là, j'étais bien tranquille, chez moi, à regarder la télé, et je ZAPPAIS distraitement d'une chaîne à l'autre… quand je fus intrigué par une émission de téléachat.

La présentatrice hurlait à pleins poumons :

– Tu as le crâne qui se dégarnit ??? À moins que tu ne sois *déjà* chauve ??? Eh bien, c'est à toi, oui, à toi, que je m'adresse : tu es un gros nigaud de mulot, oui, toi, là, toi qui es avachi devant ta télé, tout ramolli sur ton divan… Allez, tâte-

AVANT

APRÈS

N'ATTENDEZ PAS POUR APPELER !!!

Instinctivement, je me palpai le crâne…

toi le crâne pour vérifier que tu n'as pas déjà la tonsure... Tu es chauve et tu ne t'en étais même pas aperçu ??? Tu n'as pas honte ??? Ah, c'est bien fait pour toi !!!

Instinctivement, je me palpai le crâne : je sursautai. Est-ce que je commençais *pour de bon* à avoir la tonsure ???

La présentatrice continuait, de plus en plus excitée, postillonnant dans son micro :

– Alors, moi, je te le dis, **TÊTE DE REBLOCHON !** Je parie que tu es en train de perdre ton pelage, hein ? Bon, tu t'en es enfin aperçu ! Et je parie que ça t'inquiète, hein ? **Tu n'as pas honte ??? Ah, c'est bien fait pour toi !!!**

Je **BLÊMIS**. Pour être inquiet, ça, j'étais inquiet ! Je n'avais absolument pas envie de devenir chauve !

Elle poursuivit, en criant de plus en plus fort :

– **TÊTE DE REBLOCHON**, pourquoi ne fais-tu rien pour fortifier ton pelage ? Hein ?

Pourquoi ne fortifies-tu pas les bulbes pilifères ? Hein ? Pourquoi, **gros nigaud de mulot** ? Pourquoi ? Tu n'as pas honte, museau de cancoillotte, **c'est bien fait pour toi !!!**

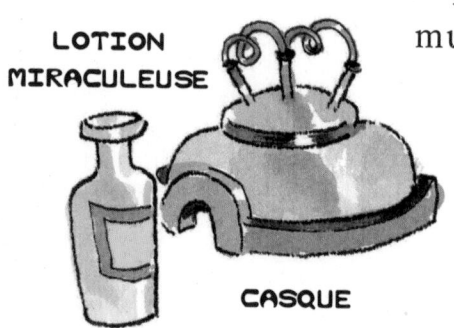

LOTION MIRACULEUSE

CASQUE

Puis elle se remit à hurler :

– Heureusement que je suis là pour te proposer une cure extraordinaire, fantastique, assourissante, **mi-ra-cu-leu-se** !!! Prends note, *souris de laboratoire, rat d'égout, demi-portion de raton,* aujourd'hui, c'est ton jour de chance !!! Mais n'attends pas **UNE MINUTE** de plus pour commander notre casque, parce que nous n'en avons qu'une quantité limitée, achètes-en un tout de suite ou, sinon, ça va aller mal pour toi !!! Attention, je dis ça pour ton bien, tu ne voudrais quand même pas te retrouver avec le crâne aussi brillant qu'une bille de billard et qu'on soit obligé de mettre des lunettes de soleil pour te regarder ? **TÊTE DE REBLOCHON !** Museau de cancoillotte, je te le répète, c'est une faveur que je te fais, et pourtant, tu ne le mérites pas... Allez, passe ta commande, tout de suite, **CRÂNE D'ŒUF**, et en plus, tu feras une affaire !!!

Je pris un crayon et une feuille de papier pour noter.

La présentatrice montra un casque et une bouteille de lotion verte, puis s'écria :

– Voici notre casque spécial qui fonctionne selon le principe des ondes bio-électro-micro-macro-hyper-cyber-techno-magnétiques... bio-électro-micro-macro-hyper-cyber-techno-magnétiques... bio-électro-micro-macro-hyper-cyber-techno-magnétiques...

Pour commencer, tu enduis ton pelage de **LOTION MIRACULEUSE**, puis tu t'enfonces le casque sur la caboche et tu le gardes au moins deux ou trois heures... et même plus, si tu peux !!! Le casque te **comprime** le crâne et **STIMULE** les bulbes pilifères... Ainsi, le pelage se fortifie et repousse.

Alors, tu as compris ??? Tu as pris note ??? Commande tout de suite, crâne d'œuf, avant qu'il ne soit trop tard !!! Décroche ton téléphone, avant qu'on ait vendu tous les casques !!! Lève-toi de ton divan, **tends** la patte, soulève le combiné, approche-le de ton oreille et prononce la formule magique : *Il-me-faut-un-casque-et-de-la-lotion-spéciale-pour-ne-pas perdre-mon-pelage !* **Compris ???**

Et moi, comme hypnotisé, je tendis la patte et composai le numéro de téléphone.

J'étais inquiet, très inquiet pour mon pelage.

Je dis :

– Euh, je voudrais commander un casque…

À l'autre bout du fil, une standardiste **pérora** :

–Vous voulez parler du Supertéléachat

Au secours des chauves ?

Je murmurai, gêné :
– Euh, voilà, oui, si l'on veut,
je dirais, enfin, c'est bien ça...
Elle gazouilla :
– Nous allons vous envoyer le
casque aujourd'hui même !
Vous voulez aussi de la **LOTION
MIRACULEUSE**, n'est-ce pas ?
Je vous mets combien de fla-
cons ? Hein ? **COMBIEN ???**
Ils sont en promotion...
Je murmurai :
– Eh bien, je dirais...
mettez-en deux...
Elle baissa la voix et chuchota, sur
le ton de la **CONFIDENCE** :
– Écoutez, c'est bien parce
que c'est vous et que vous
m'êtes sympathique : je vais
vous dévoiler un *secret*...

Vous savez qu'il n'y en a presque plus ???
J'étais **AHURI**.
– Comment ça, *presque plus* ?
Elle dit tout bas, d'un ton rusé :
– Oh, si vous saviez le nombre de rongeurs qui ont appelé… C'est parti comme des petits pains !!! À votre place, j'en commanderais beaucoup plus, je dis ça pour vous rendre service, je ne voudrais pas être obligée de vous répondre, quand vous aurez vidé tous vos flacons et que vous nous retéléphonerez, qu'il n'y en a plus. **Oh, je serais vraiment désolée pour vous !!!**
Très angoissé, je couinai :
– Bon, alors j'en prends **3**, non, **4**, non, **5**, oh, et puis pendant que j'y suis, mettez-m'en **8**, ou plutôt **10**, voilà, oui, j'en prends **10**… non, en fait, **12** !
Elle murmura, satisfaite :
– Vous m'avez bien dit douze ? Bravo, bravo, vous avez raison… On va vous livrer tout de suite…

Préparez le chèque !!!

AU SECOURS DES CHAUVES !!!

Dix minutes plus tard, on sonnait à ma porte. J'allai ouvrir.

C'était un gars, *ou plutôt un rat*, monté sur rollers et arborant un épais pelage frisé. Il portait un paquet sur lequel étaient écrits les mots **Au secours des chauves**.

Par mille mimolettes, voilà ce que j'appelle une livraison rapide !

Il couina :

– Monsieur Stilton ?

– Euh, oui, je suis Stilton, *Geronimo Stilton !*

Par mille mimolettes !!!

Il me fit un sourire à trente-deux dents, me tendit le paquet et me fourra une facture dans la patte.

– Vous payez **par chèque ou en liquide ?**

– **Euh, par chèque...** dis-je tout bas.

Puis je lus le chiffre à six zéros sur la facture et blêmis en hurlant :

– Quoiii ?

C'est plus fort que le roquefort !!!

D'un geste vif, il m'arracha le paquet des pattes.

– Vous ne voulez pas payer ? Vous avez changé d'avis ?

Je me hâtai de répondre :

– Non, euh, enfin, je voulais seulement dire que... euh, je trouve que c'est un peu *chérot*...

Il tourna autour de moi, comme pour m'examiner.

Il murmura alors, sur le ton de la confidence :

– **MINCE ALORS ! VOUS AVEZ DÉJÀ LA TONSURE !**

Il faudrait prendre des mesures d'urgence ! Vous avez vu comme votre poil est clairsemé ?

Puis il sortit un miroir à trois volets et me montra ma nuque. Je me regardai dans la glace, de plus en plus **INQUIET**.

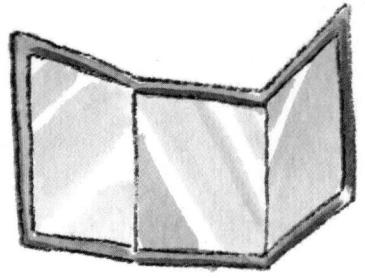

RAPIDEMENT, ou plutôt vif comme un rat, il tendit la patte vers mon oreille et m'arracha une petite touffe de poils.

– Tiens ! Je vous le disais bien ! Vous avez le pelage qui se détache par touffes, maintenant... Oh, votre cas est très grave !!!

– Mais le casque... ça marche vraiment ? demandai-je, méfiant.

Il me fit un nouveau sourire à trente-deux dents.

Puis il **lissa** son pelage frisé.

– Vous voyez ça ? Quand on pense que j'étais quasi chauve quand j'ai commencé à l'utiliser...

Je poussai un soupir de **JALOUSIE** et payai.

FRRRRRRRR... FRRRR... ZZZZZZ... ZZZ...

Tout content, je m'installai devant la télé, me tartinai le crâne de LOTION MIRACULEUSE et plaçai le casque sur ma tête. Je branchai la prise électrique et le casque commença à ME MASSER LE CRÂNE.

Frrrrrrrrrr... frrrrr... zzzzz... zzzzz...

C'est alors que le téléphone sonna.

– Allô ?

J'entendis une voix très lointaine :

... le casque commença à me masser le crâne.

— Je voudrais parler à monsieur Stilton, Geronimo Stilton, le directeur de *l'Écho du rongeur*...

— Je suis Stilton, *Geronimo Stilton !!!*

La voix poursuivit :

— Je suis le professeur Ampère Volt ! Geronimo, j'ai besoin de votre aide !

Je m'exclamai, très inquiet :

— **Professeur Volt, où êtes-vous ?**

La voix continua, de plus en plus faible et éloignée :

— Geronimo, je vous appelle de mon laboratoire secret sur les cimes de l'Himalaya. J'ai besoin de votre aide ! Je n'ai confiance qu'en vous ! Vous êtes un véritable ami, un vrai noblerat...

La voix était désormais très très lointaine.

Les moustaches vibrantes d'émotion, je criai :

— **Professeur ! Professeur ! Je ne vous entends plus ! Professeur !**

J'entendis la voix, de plus en plus inaudible :

— Geronimo, allez chez moi, vous trou-

Ampère Volt

20

verez la clef sous le paillasson, prenez mon journal secret, il est sur la commode... et apportez-le-moi, c'est très important !

Je couinai :

– Professeur ! Parlez plus **fort** ! Je ne vous entends plus !

Il répéta :

– Mon journal... c'est très important...

Et il ajouta :

– ... journal... trouvé les empreintes du yeti... vie est en danger...

Puis la ligne fut définitivement coupée.

Je raccrochai et me mis à réfléchir.

J'avais connu le professeur Volt au cours de l'aventure *Le Fantôme du métro*, et je savais qu'il avait une confiance aveugle en moi.

Voilà pourquoi il m'avait téléphoné.

Je devais **ABSOLUMENT** l'aider !!!

GROS NIGAUD DE MULOT !!!

Quelqu'un sonna à la porte. J'allai ouvrir, avec le casque sur la tête.

C'était ma sœur, Téa, l'envoyée spéciale de mon journal, qui *gloussa* en me voyant :

– Mais qu'est-ce que tu as sur la citrouille ?

Hé hé hé ! Hé hé hé ! Hé hé !

J'essayai de lui expliquer :

– Euh, c'est un casque qui aide les poils à repousser... mais, attends, j'ai une **nouvelle incroyable** : le professeur Volt vient de me téléphoner, il m'a parlé du *YETI* !

Ma sœur *ricana* :

– Geronimo ! Gros **NIGAUD** de mulot ! Tu gobes vraiment tout ! Le casque qui aide les poils à repousser, et même le yeti...

Je protestai :

– Téa, je t'assure que c'était bien le professeur Volt ! Il disait que sa vie était en danger…

Téa secoua la tête.

– Allez, c'est une blague, comment peux-tu croire de pareilles bêtises ? Le *yeti* ? Tout le monde sait qu'il n'existe pas !

J'insistai :

– Téa, ça serait un SCOOP exceptionnel pour notre journal. Tu ne veux quand même pas que *la Gazette du rat* arrive avant nous ?

Elle se **lissa** le pelage, d'un air indifférent.

–Le YETI ! Je n'y crois pas une seconde ! C'est sûrement une blague de Traquenard…

Sally Rasmaussen, directrice de « la Gazette du rat »

Au même moment, *lui*, mon cousin Traquenard, entra.

– J'ai entendu qu'on parlait de *Traquenard* ? **Scouittt**, vous disiez du mal de moi ? demanda-t-il, méfiant.

Téa gloussa :

– Traquenard ! C'est toi qui as fait cette blague à Geronimo ?

Scouittt, vous disiez du mal de moi ?

TU AS VRAIMENT L'AIR D'UN NIGAUD !

Il ricana :

– Une blague ? *Quelle* blague ? Je lui en ai tellement fait, des blagues, c'est le gars, *ou plutôt le rat*, idéal pour les blagues… Il tombe toujours dans le panneau !

Téa tapa de la patte, AGACÉE.

– Je veux dire : est-ce que c'est toi qui lui as fait *la blague du yeti* ? Quelqu'un a téléphoné à Geronimo en lui disant qu'il a vu le yeti, et il l'a cru.

Traquenard ricana sous ses moustaches :

– Le **YÉTI** ? Hummm, très intéressant… tu veux dire que Geronimo croit *vraiment* que le yeti existe ? Je savais que c'était un NIGAUD, mais pas à ce point…

Il me pinça la queue et couina :

– Cousin !!! J'ai une révélation à te faire : le **YETI** n'existe pas !!! Crois-moi !!! Sinon, je le saurais (je sais **tout**, ou en tout cas je sais **tout** ce qui est important, ce qui revient au même). À propos, c'est quoi, ce casque que tu as sur la tête ? Tu sais que tu as vraiment l'air d'un nigaud ???

Je ne pris même pas la peine de lui répondre.

– Bon, *je vous répète* que le professeur Volt est en

danger de mort et qu'il a peut-être trouvé le yeti… Comme vous ne me croyez pas, j'irai tout seul à sa recherche ! Moi, je ne me défile pas quand un ami a besoin d'aide. **MOI, JE CONNAIS LA VALEUR DE L'AMITIÉ !**

Il s'ensuivit un **SILENCE PROFOND**
Ils étaient tous deux stupéfaits.
Vous savez pourquoi ?
Parce que ceux qui me connaissent le savent :
je déteste les voyages…

JE SUIS UN NOBLERAT, MOI !

Téa était ahurie.

– Comment ça, Geronimo ? D'habitude, c'est moi qui te propose de partir en voyage, et tu refuses toujours !

Traquenard chicota à son tour :

– Mais qu'est-ce qui t'arrive, cousin ? Hummm, tu as peut-être gardé ce casque trop longtemps sur la tête, et **TU AS LE CERVEAU QUI FUME ?** Tes méninges ont bouilli ?

Je protestai :

– Je sais ce que je fais ! Je pars, et… tenez, je pars tout de suite ! Le professeur Volt a besoin de mon aide ! Je suis un *noblerat,* moi !

Puis je tournai les talons et partis faire ma valise, en maugréant :

– *Et je n'ai pas besoin de vous.*

Je me passerai de votre aide !

Téa plissa les yeux et siffla :

– *Ah bon ? Tu n'as pas besoin de nous ?*

Traquenard secoua la tête et murmura, avec une drôle de lueur dans le regard :

– Ah, il dit qu'il *n'a pas besoin de nous*, qu'il se débrouillera tout seul...

Je décrochai le téléphone et criai :

–Envoyez-moi un taxi au 8, rue du Faubourg-du-Rat ! Le taxi arrive tout de suite ? Parfait !

Je raccrochai, allai dans ma chambre et fourrai dans une valise des pantalons épais, des pulls, des vestes polaires.

– Il fait **très froid** dans l'Himalaya... marmonnai-je, en mettant une écharpe autour de mon cou.

Je refermai la valise et me dirigeai vers la porte ; Téa et Traquenard ne m'avaient pas quitté des yeux.

– Je vais à l'aéroport, je prends le premier avion pour **KATMANDOU**, annonçai-je d'un ton *solennel*.

Puis je tournai la tête et ajoutai :

– Vous ne comprenez rien, mais vraiment rien du tout. Pour moi, l'amitié est un bien précieux : si un ami m'appelle au secours, je suis prêt à faire n'importe quoi, oui, même escalader les sommets de l'Himalaya ! Et peu importe que vous ne vouliez pas venir avec moi. Je me débrouillerai très bien sans vous. Au revoir…, ou plutôt adieu !

Quelle belle scène dramatique…

Je me faisais l'effet d'être un héros tandis que je me mettais en route pour un voyage **TRÈS DANGEREUX** à la recherche du professeur Volt. Ah, pour l'amitié, je ne recule devant rien !

Je suis une souris de caractère, moi…

Dommage que l'effet ait été gâché par mon cousin Traquenard qui ricana :

– Tu veux un bon conseil ? Enlève au moins ce casque avant de partir, Geronimo !

Je me retournai pour répondre *d'une phrase noble, pleine de panache…* mais je me pris les pattes dans mon écharpe et… **m'étalai de tout mon long** devant ma porte, en me froissant les moustaches.

J'entendis Traquenard qui pouffait :

– À mon avis, Geronimo n'atteindra jamais l'Himalaya. *Il n'arrivera même pas à l'aéroport !*

JE PAAAAAAAAARS !!!

J'étais déjà sorti de chez moi quand Benjamin, mon neveu préféré, arriva.

– Tonton ! Oncle Geronimo ! couina-t-il en me voyant. Où vas-tu ? Tu pars ?

– Eh bien, oui, Benjamin… répondis-je, sur un ton DRAMATIQUE. Je pars pour un voyage dans un pays lointain, DANGEREUX, et je ne reviendrai peut-être jamais…

Benjamin en eut les larmes aux yeux.

– Oncle Geronimo, je t'en supplie, ne pars pas ! *Je t'aime, je t'aime beaucoup* ! Si c'est un voyage dangereux, emmène-moi avec toi, je pourrai t'aider !

Je *caressai* ses petites oreilles avec tendresse.

– Excuse-moi, Benjamin, je ne voulais pas que tu t'inquiètes. Tu verras, *je reviendrai...* mais, pour l'instant, je dois y aller, c'est important, c'est un ami qui me l'a demandé. *Tu ferais pareil, non ?*
Benjamin réfléchit un instant, puis, de la tête, fit signe que oui.
– Tu as raison, oncle Geronimo.

Si tu en avais besoin, je ferais tout pour t'aider !

TAXI

Je le serrai très fort contre mon cœur, les larmes aux yeux.

Je lui donnai un petit baiser sur la pointe des moustaches et me dirigeai vers le taxi.

Je vis que Téa et Traquenard m'observaient.

Je m'exclamai **SOLENNELLEMENT**, d'une voix forte :

– *Bon, je m'en vais !*

Ils continuaient de me regarder.

J'ouvris la portière…

– *Je m'en vais !!!!!!!!!!!*

C'EST ALORS QUE J'HÉSITAI.

Je croyais, j'étais même sûr, que Téa et Traquenard insisteraient pour venir avec moi… Avec eux, tout aurait été différent ! Téa est si **courageuse**, et Traquenard si habile pour se sortir de toutes les situations !

Euh, j'avais peut-être un peu exagéré en disant que je pouvais très bien me passer d'eux…

La patte sur la portière, je répétai à haute voix :

– Je pars ! D'accord ? *Je pars ! Je pars !!!*

Téa et Traquenard gardèrent le silence.

J'attendis, plein d'espoir. Ils allaient peut-être finir par dire qu'ils venaient avec moi...

Mais ils restèrent immobiles, tous les deux, à me regarder fixement. Je bafouillai, inquiet :

– Euh, alors, je pars, je m'en vais, quoi !

Téa et Traquenard échangèrent un regard, sans un mot.

Je hurlai, d'une voix **TONITRUANTE**...

– Je paaaaaars ! Je pars et je ne reviendrai peut-être jamais ! Peut-être serai-je dévoré par un chat des neiges ! Peut-être tomberai-je dans une crevasse et me

Je paaaaaaaaaaaaars !

casserai-je la patte ! Peut-être aurai-je la queue conge-
lée ! Bon, je vais affronter de très grands dangers !!!
Toujours pas de réaction.
Je criai, **exaspéré** :
– Je pars ! Je pars maintenant ! Maintenant, je
monte dans le taxi…
Toujours le silence.
Je hurlai, *désespéré* cette fois :
– Je monte dans le taxi et je m'en vais ! Je m'en
vais, je m'en vaiiiiiiis ! Pour toujours (je ne
reviendrai peut-être pas !!!).
Je répétai :
– Je pars ! *Je paaaaaaaaaaaaaaaars !*
RIEN.
Benjamin voulait courir me rejoindre, mais Téa le
retint. Était-ce **possible** ??? Était-il possible
qu'ils me laissent partir tout seul ???
J'ouvris la portière pour entrer dans le taxi.
J'allais m'y asseoir, quand je rouvris la portière
et… m'effondrai.

Ma famille m'embrassa…

Je me tournai vers ma famille.

– Scouittt ! Je vous en prie ! Je ne veux pas partir tout seul !

Puis j'ajoutai, hoquetant entre mes larmes :

– EUH, J'AI BESOIN DE VOUS...

Téa SE PRÉCIPITA et vint m'embrasser.

– O.K., frérot, on se retrouve dans dix minutes à l'aéroport !

Traquenard me donna une grande tape sur l'épaule, les yeux brillants.

– Cousin, je continue à ne pas croire à cette histoire de **YÉTI**, mais je ne te laisserai sûrement pas partir tout seul... Sans le grand Traquenard à tes côtés, tu aurais vite fait d'être transformé en bouillie pour chat !!!

Benjamin se serra très fort contre moi.

– Tonton, moi aussi, je viens avec toi ! Tu vas voir, tout se passera bien !

Je murmurai, ému :

– Ah, rien ne vaut la famille...

Le chauffeur de taxi secoua la tête et couina, en se grattant les moustaches :
– Des familles **bizarres**, j'en ai vu, mais jamais des comme la vôtre...

LA FAMILLE STILTON ?

Le temps d'aller chercher le journal secret du professeur Volt… et je retrouvai ma famille à l'aéroport. Nous montâmes dans un gros avion de ligne qui nous emmena à Katmandou, au cœur du NÉPAL. Là, nous prîmes un avion brinquebalant qui nous déposa dans une petite vallée **verdoyante**, où fleurissaient les rhododendrons.

En descendant de l'avion, j'avais l'estomac retourné comme une chaussette (ceux qui me connaissent savent que je souffre du mal des transports). *Je déteste les voyages…*

Traquenard se moqua de moi en chantonnant :

Dans l'avion, une sourisâtre
avait la figure toute verdâtre.

L'aéroplane monte et descend...
et l'autre se fait du mauvais sang !
Vous avez reconnu mon cousin,
cet intellectuel zinzin...
C'est peut-être un grand éditeur,
mais ce n'est pas un globe-trotteur !!!

J'essayai de l'attraper par la queue (j'étais vraiment vexé !), mais il m'échappa en ricanant.

Un rat au pelage couleur de MIEL et aux yeux bridés s'approcha.

– Vous êtes la famille Stilton ? Je suis SOU-PIROU, votre guide !

Lui et ses quatre porteurs sherpas (petits mais très robustes) chargèrent nos bagages sur leur dos. *Et l'aventure commença...*

Je regardai autour de moi : ah, comme elles étaient blanches

LES LOINTAINES CIMES DE L'HIMALAYA...

Et l'aventure commença…

Nous pénétrâmes dans une petite auberge…

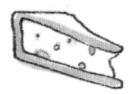

THÉ BOUILLANT ET FROMAGE DE YACK

Nous arrivâmes dans une maison de thé, une petite auberge népalaise.

Les sherpas déposèrent nos bagages.

Nous entrâmes.

Les murs étaient noircis par la **FUMÉE**, la lumière était fournie par des lampes à huile posées sur des **TABLES DE BOIS**. Je demandai à notre guide :

– Nous cherchons un *rongeur âgé*, au pelage couleur noisette et aux moustaches blanches, pas très grand, portant des lunettes…

Il grignota une **LICHETTE DE FRO-MAGE** et, tout en sirotant un verre de thé **bouillant**, chicota :

– **Hummm**, pas très grand ? Et avec un pelage

auberge népalaise

couleur noisette ? Et portant des lunettes ? J'ai vu un rongeur qui ressemblait à cela il y a six mois de cela…

J'étais tout ému.

— Vous l'avez vu ? Et où est-il allé ? Dites-moi !

Il réfléchit. Pendant ce temps, il grignota une autre lichette de FROMAGE et couina :

– C'est bon, n'est-ce pas ? C'est du fromage de yack.

Vous connaissez les yacks ?

On dirait des vaches, mais ils ont de longues cornes recourbées. Ce sont des animaux très **DOUX** et

yack

très utiles. On utilise leur **lait**, leur fourrure, leur **graisse**. Regardez cette lampe :

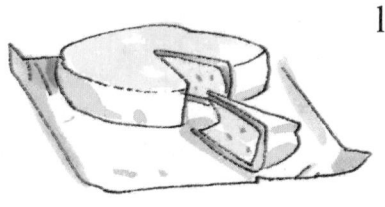

fromage de yack

la mèche est plongée dans de la graisse de **yack**...

J'attendais avec impatience.

Soupirou sembla se décider. Il avala une autre lichette de fromage, se pencha sur la table et chuchota, comme s'il me dévoilait un **SECRET** :

– *Il* ne voulait pas qu'on sache où il allait, mais un de ses porteurs tibétains m'a parlé de **CHOMOLUNGMA**...

– Chomolungma ? demandai-je en poussant un soupir de soulagement.

Mais alors, nous n'aurons aucun mal à le retrouver ! Il suffit d'aller à Chomolungma ! À propos, c'est loin ?

lampe fonctionnant à la graisse de yack

Soupirou me lança un drôle de regard.

Puis il m'annonça, inquiet :

– On ne peut pas aller à Chomolungma... Il faut l'escalader !

Je m'étonnai :

– **Pourquoi cela ?**

Il murmura :

– Chomolungma est la mère du Monde...

Je demandai :

– *La mère du Monde ?*

Soupirou répéta :

– Les Tibétains l'appellent Chomolungma, la mère du Monde. Vous, vous l'appelez

SCOUIIIT !!! ASSOURISSANT !!!

Nous restâmes abasourdis. Téa fut la première à reprendre ses esprits.

– Chomolungma ? La mère du Monde ?? L'Everest ??? Mais ça va être un reportage fantastique !!!

Benjamin me sauta au cou et couina, au comble du bonheur :

– Waouh !!! Scouiiiit !!! ASSOURISSANT !!!

J'ai toujours rêvé d'escalader l'Everest !

Traquenard marmonna, la bouche pleine :

– Pas mauvais, ce fromage de yack. Mais quand est-ce qu'on mange ? J'ai besoin de quelque chose de plus consistant…

J'étais encore sous le CHOC.

8 846 mètres

– Escalader l'Everest ? Une montagne haute de 8 846 mètres ? Mais je n'y arriverai jamais !

Soupirou se leva.

– Nous pouvons partir tout de suite, les sherpas sont prêts.

Je balbutiai :

– **Euh, tout de suite**? On ne peut pas réfléchir une petite minute ?

Mais les autres étaient déjà sortis.

Soupirou s'engagea dans un sentier étroit qui montait, montait, ouille, qu'est-ce qu'il montait…

Il montait beaucoup trop à mon goût !

SCOUITT !

Je ne suis pas une souris SPORTIVE !!!

C'étaient des journées horribles qui m'attendaient…

Soupirou se retourna et nous fit signe de le suivre.

Les autres se mirent en route avec enthousiasme, malgré la chaleur, l'air humide et **suffocant**.

Je poussai un profond soupir, jetai mon sac à dos sur mes épaules et les suivis.

JE SUIS
UNE GOURDE…

Le sentier *montait de plus en plus haut,* tandis que mon moral **descendait de plus en plus bas !** Une heure s'écoula, puis deux, puis trois… Le soleil commençait à baisser mais Soupirou ne s'arrêtait pas !

J'avais les moustaches trempées de **SUEUR** et j'étais à deux doigts de m'effondrer sous mon sac à dos, qui était lourd comme un **ROC**. Seule la pensée que j'allais sauver le professeur Volt me donnait la force d'avancer. Téa, qui, elle, est très sportive, **SAUTILLAIT**, guillerette, comme si le sentier était en descente. Traquenard s'approcha de moi et couina :

– Oh, cousin ! Je te trouve un peu *pâlichon* !
Tu ne regrettes pas d'être parti, hein ?
– Non, répondis-je d'un ton ferme.
Il *ricana* sous ses moustaches :
– Ah nooon ? Je croyais...
Puis il baissa la voix et murmura :
– Si tu es fatigué, je vais t'apprendre un truc
infaillible. Essaie de répéter : « Moi, Geronimo
Stilton, je peux y arriver, je peux y arriver... »
Je répétai, rompu de fatigue :
– MOI, GERONIMO STILTON, JE PEUX Y
ARRIVER, JE PEUX Y ARRIVER...

Traquenard continua, en gloussant :

– « … même si je suis une gourde, même si je suis une gourde… »

Je répétai :

– *Même si je suis une gourde…*

Je compris qu'il se moquait de moi et je m'indignai :

– Comment oses-tu me traiter de *gourde* ?

Il ricana et me pinça la queue.

– Oh, Geronimo, ça se voit tout de suite que tu es une **gourde**, tu n'as pas le physique du sportif ! Puis, avec un petit rire, il me dépassa et rattrapa les autres sur le sentier qui grimpait, de plus en plus raide.

Je l'entendis chantonner :

La démarche un peu balourde,
Geronimo est une gourde !
Il a les pattes un peu lourdes,
Mais ce n'est pas sa première bourde !
Il a voulu voyager.
Personne ne l'y a obligé !!!

J'essayai de l'attraper, mais il allongea le pas et M'ÉCHAPPA.

Le souffle coupé, je restai figé sur place.

Je l'entendis chantonner encore :

Allez, courage, et arrête tes grimaces,
Tu es plus lent qu'une limace !!!

Benjamin resta à côté de moi pour me consoler.
– NE TE FÂCHE PAS, ONCLE GERONIMO.
Ce n'est pas vrai que tu es une gourde !
Je m'efforçai de SOURIRE et couinai :
– Merci, Benjamin. Il n'y a que toi qui me
comprennes…

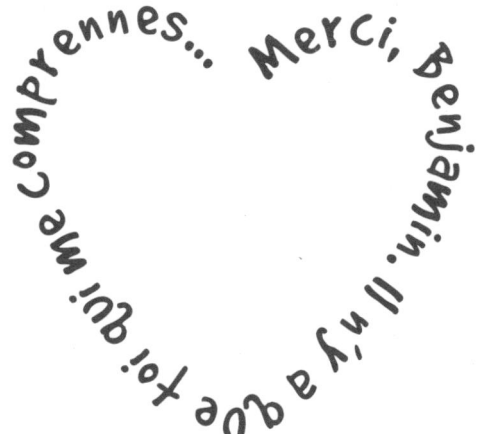

JE TIENS À MA QUEUE, MOI !!!

L'obscurité tomba et nous nous préparâmes à passer notre première nuit dans la montagne.

Il commençait à **FAIRE FROID** !

Je m'emmitouflai de la pointe des moustaches au bout de la queue.

Je ne voulais pas qu'elle gèle... *je tiens à ma queue, moi !!!*

Nous dînâmes de riz à l'eau et de fromage de yack.

SOUPIROU

Traquenard marmonna :

– **Yack! Yack! Yack!!!** On ne mange rien d'autre que du fromage de yack, par ici ? Si j'avais su, j'aurais apporté des provisions.

Puis il chantonna sur un ton **rêveur**, en se léchant les moustaches :

Chèvre, abondance, camembert,
Parmesan, vacherin, munster,
Comté, murol, saint-nectaire,
Emmental, bleu ou chester…
Ah, j'aime tellement le fromage,
Si je n'en mange pas, c'est dommage !

Et il hurla :

– Mais par-dessus tout, je préfère une bonne gourde pleine de gruyère ! ET LA VOILÀ !!!
Il me montra de la patte.

Tout le monde éclata de rire.

Tout le monde, sauf Benjamin.

PAR LES MOUSTACHES À TORTILLON DU CHAT-GAROU !

Le lendemain matin, Soupirou nous réveilla à l'aube en nous apportant notre petit déjeuner : du thé **brûlant** et une lichette de fromage de **yack**.

J'avais passé une nuit **ATROCE** ! Je m'étais tourné et retourné sans arrêt dans mon sac de couchage qui s'était entortillé comme un tire-bouchon, et j'avais les **OS MOULUS** !!!

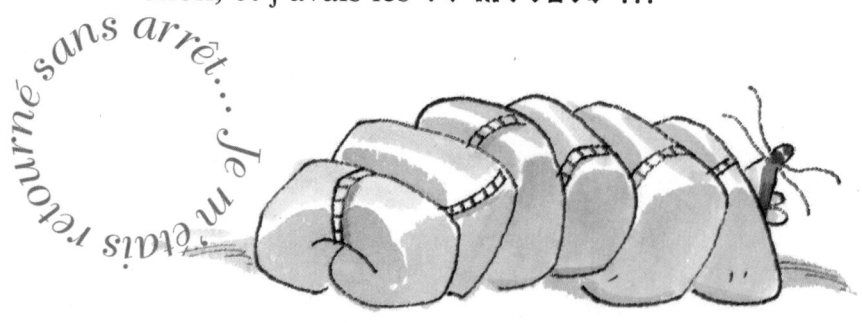

Je m'étais retourné sans arrêt... Je m'étais retourné sans arrêt...

Je pointai le museau à l'extérieur de la tente et **FRISSONNAI** : *par les moustaches à tortillon du chat-garou,* quel froid !

Puis je regardai autour de moi et découvris un spectacle merveilleux. À l'horizon, les rayons du soleil levant éclairaient des crêtes dentelées, d'une blancheur éblouissante. Je pensai aux noms magiques magiques des cimes himalayennes : Kangchenjunga, Lhotse, Makalu, Dhaulagiri, Manaslu, Cho Oyu, Annapurna...

Soupirou désigna une montagne à l'horizon :

– Voici Chomolungma, la mère du Monde !

Quel spectacle émouvant !

Benjamin se serra contre moi et chicota :

– Tonton, c'est fantastique ! Assourissant !!!

Je *caressai* ses petites oreilles et murmurai :

– Oui, Benjamin, le spectacle de la nature est vraiment merveilleux...

C'est alors que Soupirou cria :

– On part !

Je poussai un soupir et soulevai mon sac à dos.
Nous marchâmes toute la journée, passant *de vallée en vallée, de haut plateau en haut plateau.*
La forêt tropicale, très **dense**, était **HUMIDE** de pluie, et nous frayions notre chemin au milieu des fougères, des acacias, des mimosas et des bambous.
À midi, j'entendis le GRONDEMENT d'une cascade qui avait formé un petit lac. J'en profitai pour laver mon linge, que j'accrochai à mon sac à dos pour le faire sécher tout en marchant.

Nous nous remîmes en route et nous arrivâmes bientôt devant un petit pont suspendu…

Vous n'êtes pas sujet au vertige, vous ? Moi, si !

Brrrrrrr !!! Brrrrrrr !!!

Je murmurai, TOUT PÂLE :

– Euh, on ne pourrait pas prendre un autre chemin ?

Téa passa devant moi à toute VITESSE, en couinant :

– Allez, allez, pas d'histoire. Allez, trouillard, ça se traverse en un instant !

Elle prit Benjamin par la patte et s'élança sur le pont. Mon neveu se retourna et me chuchota :

– Je t'attends de l'autre côté, oncle Geronimo !

Une fois passé, il se retourna et me fit un signe de la patte :

– *Vas-y, tonton ! C'est rudement facile !*

Les moustaches **vibrantes** de peur, je regardai fixement le petit pont qui oscillait dans le vent s'engouffrant dans les gorges. La vallée était noyée dans le silence. Je posai une patte sur le pont. Je m'avançai précautionneusement, pas à pas...

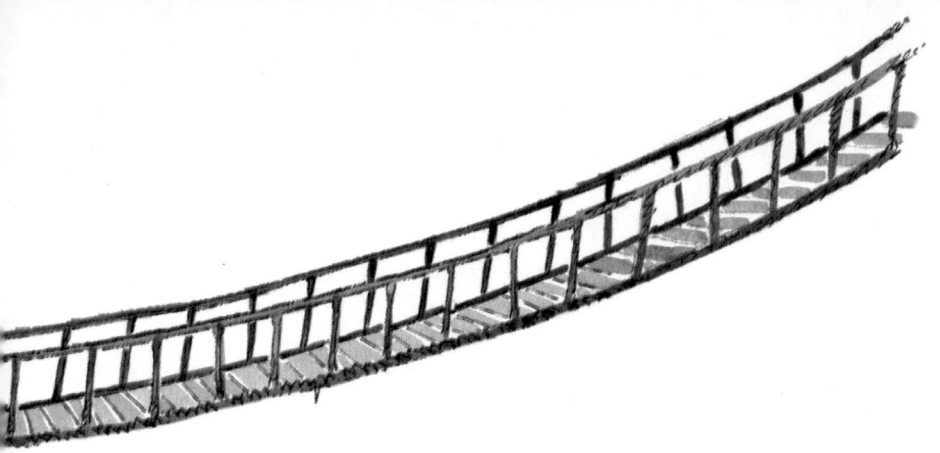

À ce moment, Traquenard se précipita à grands pas, en hurlant :

– Le dernier qui traverse est *un rat d'égout* **DÉGOÛTANT !!!**

Je m'agrippai à la corde, **PÂLE** comme un camembert.

– Scouittt ! Arrêêête !

Traquenard (qui a été trapéziste dans un cirque) sautillait de tous côtés, pirouettant, cabriolant sur le pont.

Et, en même temps, il chantonnait :

Tralala... tralalère... tralalalère

Oh, je ne peux pas regarder en bas,
Sinon je tombe, et on ne me rattrape pas !
Geronimo, tu es un vrai trouillard,
Et tu n'es pas très débrouillard !
Traverse le pont sans cafouiller,
Si tu ne veux pas t'écrabouiller…
Scouitttttttttttttt !

Puis il me dépassa au pas de **COURSE**. Ma peur était telle que j'avais la tête qui tournait et l'estomac retourné comme une **chaussette** : j'attendis que les **vibrations** cessent, puis, prudemment, à pas de souris, je me dirigeai vers l'autre côté.

Téa cria :

– Geronim**OOO** **!** Tu as un bouchon de fromage dans les oreilles ou quoi ? Allez, viens, on n'attend plus que toi !

Je poussai un soupir.

JE DÉTESTE LES VOYAGES !

PAR MILLE MIMOLETTES !

Une semaine s'écoula comme ça.

J'étais de plus en plus épuisé et il faisait de plus en plus FROID !!!

De vallées et de hauts plateaux à la riche végétation, nous étions passés à des gorges rocheuses aux parois raides, recouvertes d'une épaisse couche de GLACE.

Enfin, le matin du huitième jour, nous nous engageâmes sur le sentier glacé qui conduisait au camp de base de l'Everest.

Il faisait froid, très froid... Brrrrrrr !!!

La neige tombait en tourbillonnant, ballottée par un vent glacial. J'AVANÇAIS péniblement, traînant les pattes, faisant tout mon possible pour ne pas me laisser distancer par le groupe.

Mais ils progressaient beaucoup plus vite que moi et disparaissaient déjà au tournant suivant...

Je me retrouvai seul.

C'est alors que je la vis.

Devant moi, dans la neige, l'empreinte, toute fraîche, d'un pied **GIGANTESQUE**...

Je me frottai les yeux pour mieux voir.

Par mille mimolettes !

Mes poils se hérissèrent et je frissonnai, sans savoir si c'était de froid ou de peur.

C'était l'empreinte du **YETI** !

Je repensai aux paroles d'Ampère Volt : « ... trouvé les empreintes du yeti... vie est en danger... »

Je hurlai :

- Le yetiiiiiiii !

Mais les autres ne m'entendirent pas.

Ils étaient déjà trop **l o i n**.

Tu as avalé ta gourde ou quoi ?

Je rassemblai mes dernières forces et les rejoignis en courant. Tout essoufflé, je criai :

– *Téa ! Traquenard ! J'ai trouvé le yeti !!!*

Ils me regardèrent, ahuris. Puis éclatèrent de rire. J'étais vexé.

– Vous ne me croyez pas ? Venez voir !

Traquenard ricana :

– Geronimo, tu as la berlue ? Tu as avalé ta gourde ou quoi ?

J'étais **FURIEUX**.

– Venez voir **L'EMPREINTE** au moins !

Téa sortit son appareil photo et couina, décidée :

– Je vais voir ! Si c'était vrai, ça serait un scoop extraordinaire.

– *Geronimo, tu as avalé ta gourde ou quoi ?*

Nous retournâmes sur nos pas.

La **NEIGE** n'avait pas cessé de tomber et, quand nous arrivâmes à l'endroit où j'avais vu l'empreinte...

... celle-ci avait disparu !

Traquenard chantonna :

Geronimo, mon cher cousin,
ne serais-tu pas un peu zinzin ???
Tu as tant d'imagination
qu'elle te donne des hallucinations !!!

TU AS VU
UNE GOURDE VOLANTE ?

Traquenard continua, ricanant sous ses moustaches :

– Dis donc, Geronimo… tu avais tes lunettes quand tu as vu l'empreinte ? Elle était longue de combien ? Dix mètres… vingt mètres… trente mètres ? Ou alors… c'était une empreinte longue d'un **kilomètre** ??? Tu as peut-être vu des choses plus intéressantes que cette empreinte. Par exemple, un fromage volant ?

Ou peut-être **UNE GOURDE VOLANTE** ?

J'avais trois mots à lui dire, ou plutôt *six*, ou plutôt *douze*, mais Benjamin me fit signe de laisser tomber.

Téa rangea l'appareil photo dans son sac à dos et marmonna :

– Geronimo, je n'apprécie pas beaucoup ce genre de blague !

Je protestai :

– Ce n'est pas une blague ! J'ai vu l'empreinte, je l'ai vue comme je te vois !

Soupirou, lui, ne dit rien. Il inspecta soigneusement le sol alentour, puis je remarquai qu'il **COMPLOTAIT** avec les sherpas.

Je les entendis murmurer :

– *Yeti… yeti…*

UNE OMBRE MYSTÉRIEUSE DANS LE BROUILLARD

Nous poursuivîmes notre chemin, de plus en plus fatigués, **CINGLÉS** par le **VENT GELÉ** qui s'engouffrait impétueusement dans les gorges **glacées**. La marche était de plus en plus difficile, car l'oxygène nous manquait : en effet, plus l'altitude **augmente**, moins l'oxygène est présent dans l'air. J'avançais péniblement, pas à pas, sous mon sac à dos qui était de plus en plus **lourd**.
Traquenard chantonna :

Pourquoi es-tu si lent ? Tu vas, d'un pas pesant, moins vite qu'une limace. Tu dérapes sur la glace. Allez, espèce de gourde, remue-toi l'arrière-tourde !

Je protestai :

– *L'arrière-tourde ???* Mais ce mot n'existe pas !

Il marmonna :

– **OUUUH**, si tu crois que c'est facile de trouver une rime à *gourde…*

Je soupirai et recommençai à marcher.

Ce qui me donnait du courage, c'était la pensée que nous nous rapprochions du professeur Volt.

Ce cher, ce bon professeur !

Pour être sûr que personne ne découvrirait ses

secrets, le professeur déménageait souvent son laboratoire et j'étais le seul, l'unique, à qui il communiquait la nouvelle adresse.

Je ne m'étais pas aperçu que, une fois de plus, j'étais à la traîne. J'entendis Traquenard chanter :

Geronimo a disparu dans le brouillard,
Le yeti a dû manger tout cru ce froussard…
Il n'a dû faire qu'une bouchée du trouillard.
Mon cousin ne l'avait pas vu, le binoclard !

JE HÂTAI LE PAS et levai le museau pour tenter d'apercevoir quelque chose dans la brume.

C'est alors que je la vis : une ombre noire, **haute** et **TRAPUE**, qui se découpait sur le fond grisâtre du brouillard.

Il se retourna et sembla me faire signe, comme pour me dire : « Suis-moi ! »

C'était le **YÉTI** !!!

Mes moustaches en tremblaient de peur.

Une seconde plus tard, l'ombre mystérieuse disparaissait déjà, s'enfonçant dans le brouillard.

Je vis une ombre, haute et trapue…

Coucou !
Tu n'es qu'une gourde !

Mon cœur battait la chamade et mes pattes tremblaient, mais je courus pour rattraper mes compagnons.

Je balbutiai :

– Le yeti ! J'ai vu le yeti ! J'ai vu **une ombre dans le brouillard**, puis elle a disparu...

Téa secoua la tête et marmonna :

– *Tu ne trouves pas ça bizarre ? Il n'y a que toi qui le vois !*

Elle prit son appareil photo numérique et me le fourra dans la patte.

– Tiens ! La prochaine fois, rends-toi utile : prends une photo ! `J'ai absolument besoin de quelque chose de fort pour le journal.`

Traquenard, lui, **chantonna** :

Le yeti est un gars bizarre,
Car seul Geronimo peut le voir.
Il n'apparaît qu'à mon cousin,
Qui est complètement zinzin,
Qui raconte plein de fariboles,
Qui croit même aux fromages qui volent !!!

Je ne daignai même pas le regarder.

J'avais compris que plus je me mettais en **COLÈRE**, plus il était content !

Mon cousin sautilla de rocher en rocher en ricanant, en me tirant la langue.

– Coucou… coucou… tu n'es qu'une gourde !

Je fis semblant de n'avoir pas entendu.

Déçu, Traquenard laissa tomber.

Benjamin s'approcha et murmura :

– Bravo, oncle Geronimo, si tu ne lui donnes pas

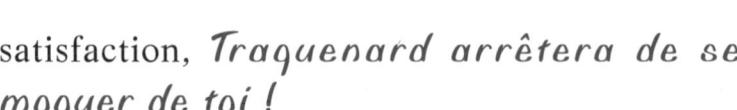

satisfaction, *Traquenard arrêtera de se moquer de toi !*

Soupirou me demanda :

– Hummm, comment était cette ombre ? Haute comment ?

Je la décrivis du mieux que je pus.

Il sembla réfléchir, pensif, puis alla comploter avec les sherpas.

Je les entendis murmurer :

– *Yeti... yeti...*

Nous fîmes halte pour installer notre campement. Le soleil avait déjà disparu. Quels mystères se cachaient dans l'obscurité ?

J'essayai de raisonner logiquement.

Pourquoi le **YETI** n'apparaissait-il qu'à moi ?

Pour quelle raison ?

C'est alors que j'eus une brusque inspiration : je devais à tout prix trouver le yeti. Là où il était, là se trouvait sûrement le professeur Volt...

Soudain, j'entendis un cri :

– Ouhhh–ouuuuuuuuuuuuh !!!

Soupirou et les sherpas blêmirent.

Ils murmurèrent :

– *Yeti... yeti...*

Téa courut en direction de l'endroit d'où provenait le cri.

J'attrapai l'appareil photo que m'avait confié ma sœur et je recommandai à Benjamin :

– Attends-moi au camp, il vaut mieux que j'y aille tout seul !

Puis je pris mon courage à deux pattes et m'aventurai dans l'obscurité.

– Professeur Volt... me voici, j'arrive !

J'ARRIVE !!!...

LES MOUSTACHES COUVERTES DE GLAÇONS

Ouhhhh-ouuuuuh !!! Ouhhhh-ouuuuuh !!!

J'entendis de nouveau le cri :

– *Ouhhhh-ouuuuuh !!!*

Je le suivis, en sautillant de haut en bas sur les rochers, au risque de me casser une patte.

Au bout d'un moment, je trébuchai et plongeai tête la première dans un **TAS DE NEIGE**.

Je me relevai, les moustaches couvertes de **GLAÇONS**, et je me rendis compte que j'étais loin du camp.

C'est alors que je vis une empreinte **À DEMI EFFACÉE** par la neige... Un peu plus loin, j'en vis une autre, puis une autre encore !

– Benjamin ! Téa ! Traquenard !

Personne ne répondit à mon appel. La montagne ne renvoya que l'écho de mes paroles...

La montagne ne renvoya que l'écho de mes paroles…

Je décidai de suivre, seul, les empreintes.

Pas à pas, j'avançai dans l'obscurité, jusqu'à une paroi rocheuse abrupte, au pied de laquelle les traces s'arrêtaient brusquement.

J'allais repartir en arrière, démoralisé, quand j'entendis un drôle de craquement...

Je me retournai et découvris une créature **ÉNORME**, qui soulevait le rocher devant lequel je m'étais arrêté et qui le poussait sur le côté.

Mon pelage se HÉRISSA DE PEUR...

J'essayai de m'enfuir, mais l'autre m'attrapa par la queue, me souleva dans les airs comme un fétu de paille et m'emporta. Puis il referma derrière nous l'entrée de la caverne.

... il m'attrapa par la queue...

Tiens !
Prends ça !

Je m'agrippai à la grosse patte **velue** du yeti et lui mordis un doigt de toutes mes forces, en couinant :

– *Tiens ! Prends ça !*

Il poussa un hurlement strident :

– *Aïïïïïïïïïïïïïïïie !*

Et il me laissa tomber par terre.

J'en profitai pour m'échapper, vif comme un rat, et pour me cacher derrière un rocher.

Il me chercha longuement, puis, déçu, gémit :

– *Bouuuuuuuuuuhhhh...*

Il s'éloigna, en faisant trembler les parois de la caverne de son pas **pesant**.

Je le suivis : je voulais savoir où allait ce gros malin !

En même temps, je regardai la grotte. Elle était obscure, ténébreuse... et TRÈS HUMIDE.

Des gouttes d'eau se détachaient du plafond et ruisselaient sur mes oreilles.

PLIC, plic, plic, plic...

Tout en prenant garde de ne pas me faire remarquer, je suivis le yeti jusqu'à un endroit où la caverne s'élargissait. C'est alors que je faillis laisser échapper un *Ooooooh !* d'émerveillement.

Je me trouvais dans une vaste salle circulaire, aux parois de GLACE brillante et transparente. Des STALACTITES de glaçon très pur pendaient du plafond, comme des gouttes d'un précieux cristal. On se serait cru dans la salle de bal d'un merveilleux château de conte de fées...

PLIC, plic, plic, plic, PLIC, PLIC, PLIC

Dans un coin, une petite *cascade gargouillait* **et se transformait** en un lac aux eaux limpides et cristallines.

Je compris que c'était le repaire du yeti, car je le vis agiter la patte en direction de l'autre extrémité de la grotte et pousser un cri joyeux :

– Youuuh-ouuuuuuuhh !!!

Là-bas, dans le fond de la caverne, j'aperçus une autre **ombre** qui le saluait en agitant la patte.

Bizarre !

Puis je compris que c'était un autre yeti…
Peut-être sa **FEMME** ???

Professeur Volt !!!

Je m'approchai pour mieux observer : le **YETI** était très grand, avait une grosse tête VELUE et des yeux dissimulés sous des TOUFFES DE POILS.

Il avait une fourrure épaisse et blanche, des pattes musclées, dotées **d'ongles robustes**.

La femme du yeti lui ressemblait beaucoup, mais elle était plus petite et plus ronde.

Elle courut à sa rencontre, le prit affectueusement par la patte et le conduisit vers le fond de la caverne.

Je m'approchai à mon tour, de plus en plus intrigué.

Allongé par terre, sur un tapis de feuilles mortes, il y avait un bébé yeti...

Le bébé éclata en sanglots et hurla :

– Gniiik-gniiiiik !!!

Sa maman lui donna un bisou
sur le front et il se tut aussitôt.
Puis elle secoua devant son
museau un hochet en os,
pour le calmer.

Je remarquai que le bébé
était couvert de petits points
rouges. *Bizarre !* J'essayais de comprendre ce qui
se passait quand, soudain, surgit une silhouette
qui m'était familière…

Je m'écriai :

– **Professeur Volt !**

Il se retourna et cria à son tour :

– *Geronimo Stilton !*

LA BERCEUSE
DU YETI

Je **COURUS** vers le professeur, prêt à tout.

– *Ne vous inquiétez pas, professeur !
Je suis là pour vous défendre !*

Il me regarda, surpris, puis sourit.

Il chicota :

– Tout va bien, Geronimo !

Je le regardai mieux et vis qu'il tenait dans une patte un *FLACON DE VERRE* rempli d'un liquide **jaunâtre**.

Dans l'autre patte, il avait une cuillère en os, aussi grande qu'une oreille de souris. Il versa le contenu du flacon dans la cuillère et la tendit au petit yeti, en murmurant doucement :

– Bois, mon petit, si tu veux guérir !

Le bébé but le liquide, puis tira la langue en hurlant :

– Beuuuuurkkk !!!

Ampère versa délicatement encore un peu de LIQUIDE dans la cuillère.

– Voilà, tu es un grand, bois encore un peu de sirop, comme ça tu deviendras fort comme ton papa et beau comme ta maman...

Le bébé fit la grimace, soupira et, très obéissant, but son sirop.

Puis il ferma les yeux et se blottit sur son petit lit de feuilles sèches.

Sa maman le cajola, en lui chantant quelque chose qui ressemblait à une berceuse, pendant qu'il fermait les yeux et s'endormait.

Le professeur Volt s'éloigna *sur la pointe des pattes*, pour ne pas faire de bruit.

Il chuchota :

– Je crois que je vous dois quelques explications, Geronimo...

Il commença son récit :

– Lorsque j'ai installé mon laboratoire secret dans cette caverne, je me suis aperçu qu'elle était déjà habitée par une famille de **YETIS**...

Je le coupai :

– Excusez-moi, professeur, mais alors, vous n'avez jamais été en *danger* ?

Il sourit.

– Nous nous sommes peut-être mal compris au téléphone. Ce n'était pas moi qui étais en danger, c'était lui : **il était malade !** – et il désigna affectueusement le bébé yeti.

» À propos, c'est moi qui ai envoyé le yeti père vous chercher, Geronimo, et c'est pour ça que vous êtes le seul à l'avoir vu ! J'espère qu'il ne vous a pas trop impressionné, il est très **gros** mais très *doux*...

Il poursuivit son explication :

– Vous voyez, mon cher Geronimo, il y a des millénaires, la chaîne de l'Himalaya était peuplée par des tribus de yetis, qui vivaient pacifiquement sur ces montagnes en se nourrissant de plantes, de lichens. Les yetis sont **HERBIVORES**, ils ne feraient pas de mal à une mouche ! Mais, petit à petit, ils furent exterminés par une maladie

mystérieuse...

UN VRAI NOBLERAT !

Le professeur Volt continua :

– Cette famille de yetis est, hélas, la dernière à avoir survécu dans **l'Himalaya** !!! Il lança un regard attendri vers le bébé.

– Pour le guérir, j'ai préparé un sirop à base d'herbes et de baies de la montagne. Mais cela ne suffit pas. **IL FAUT UN MÉDICAMENT PLUS PUISSANT**. C'est pourquoi je vous ai demandé de m'apporter mon journal secret : il contient une **FORMULE SPÉCIALE**.

Je couinai :

– Professeur, le voici !

Je sortis le journal de mon sac à dos : je l'avais emballé dans un sac plastique pour qu'il ne prenne pas l'humidité.

Il le saisit en poussant un soupir de soulagement et murmura :

– **Merci, merci !** Je n'aurais pu compter sur personne d'autre que vous !

Il feuilleta anxieusement son journal :

– Ah, voilà la formule que je cherchais : *un quart de Calendula officinalis, un quinzième de Passiflora incarnata, un sixième de Nux vomica, trois ving-tièmes de Mercurius solubilis, encore onze tren-tièmes de Potentilla et d'Arnica montana...*

Il fit des mélanges dans une éprouvette et un alambic, puis prit un compte-gouttes et s'exclama, triomphant :

– Et voilà !

Il donna une cuillerée du nouveau sirop au bébé **YÉTI**, puis caressa ses petites oreilles velues.

– *Tu vas voir, tu vas guérir !*

Il passa alors sa patte sur mon épaule et m'expli-qua à voix basse :

– Cher Geronimo, grâce à vous, nous avons sauvé le dernier bébé de **YÉTI** !

Mer des Souris

» Il y a seize mois, mon laboratoire se trouvait dans une petite île déserte de la *mer des Souris*, au sud de l'archipel du Ratnoyé... puis quelqu'un (mais qui ?) a essayé de dérober une de mes inventions, une **machine à voyager dans le temps.** J'ai donc été obligé de déménager et de venir m'installer dans cette caverne. Hélas, quelqu'un *(mais qui ? je le saurai tôt ou tard !)* s'est également introduit dans ce laboratoire des glaces. C'est pourquoi je vais déménager de nouveau, pour m'installer, cette fois, dans un sous-marin !

» Je veux voir si...

Je m'éclaircis la voix et demandai :

– Ainsi, professeur, vous allez encore partir ?

Il **soupira** :

– Mon cher, mon très cher Geronimo, hélas, c'est ainsi ! Mais j'ai été heureux de vous revoir, même si ce fut pour un temps très bref. Puis-je vous demander une autre faveur ?

Je couinai :

– Mais bien sûr, professeur !

Il baissa la voix, en me montrant la famille de yetis :

– Geronimo, je sais que la découverte des yetis serait pour vous un scoop extraordinaire, mais je dois vous demander de ne révéler leur existence à personne. *Ce sont des créatures douces et très timides,* qui seraient perturbées par la curiosité des journalistes. C'est seulement si on

les laisse tranquilles, dans leur refuge au milieu des **GLACES**, que les **YETIS** pourront, comme autrefois, repeupler ces montagnes... *Qu'en pensez-vous, Geronimo ?*

Je mis une patte sur mon cœur.

– Vous avez raison, professeur. Je vous donne ma parole d'honneur de rongeur, vous pouvez compter sur moi !

Il sourit sous ses moustaches, ému.

– J'en étais sûr, mon ami. Vous êtes un vrai *noblerat* !

Parole d'honneur de rongeur !

YOU-HOUUUUUU !!!

Sur un signe du professeur Volt, le yeti déplaça **LE ROCHER** qui bouchait l'entrée de la caverne.

De l'autre côté, je découvris un hélicoptère jaune : le professeur s'installa aux commandes et mit le moteur en marche.

L'hélicoptère décolla, puis souleva dans les airs, à l'aide d'un câble, une **GROSSE** caisse d'acier qui contenait tous les appareils du laboratoire.

Le professeur me salua de la patte et s'éloigna.

– Adieu, Geronimo, mon ami ! Ou plutôt, *au revoir !*

Le yeti déplaça de nouveau le rocher pour refermer l'entrée.

Je vis le petit yeti, dans les bras de sa maman. Il me salua de sa petite patte.

– Gniiik-gniiiiik !!!

Je le saluai à mon tour en souriant :

– Scouittt !

UN SPECTACLE INCROYABLE

Je repris mon sac à dos. Le brouillard s'était levé de nouveau : hélas, pourrais-je retrouver la route du campement ?

J'errai longuement, en criant :

_Je suis ici !!! Au secouuuurs !!!

On aurait dit que le brouillard étouffait mes cris.

Je marchai pendant un temps qui me parut interminable. DES MINUTES ? DES HEURES ?

Ah, comme j'aurais aimé être chez moi.

Je déteste les voyages !

J'avais perdu tout espoir quand j'entrevis une faible lueur.

JE COURUS VERS LA LUMIÈRE, EN COUINANT, TOUT HEUREUX.

Le museau de Benjamin perça le brouillard.

– Tonton, oncle Geronimo ! Tu es vivant ! *Tonton, je t'aime tellement !*

Je l'embrassai affectueusement et le serrai fort contre moi.

– Moi aussi, je t'aime beaucoup, Benjamin. **Beaucoup, beau-coup !** Mais que fais-tu tout seul dehors ? C'est dangereux...

Il m'expliqua :

– Nous étions inquiets, nous avions peur que tu ne reviennes pas. Alors, en cachette, j'ai pris une lampe-tempête et je suis parti à ta recherche !

Tout en bavardant joyeusement, nous nous dirigeâmes vers le campement.

Nous longeâmes **UN MUR DE GLACE** très raide que j'observai distraitement.

Du coin de l'œil, je remarquai dans la glace une silhouette sombre...

Intrigué, je m'arrêtai pour l'examiner, mais des flocons de neige **TOURBILLONNAIENT** devant mes yeux et m'empêchaient de bien voir. Le vent était de plus en plus fort, et j'avais l'impression qu'il allait m'emporter. Je regardai au fond du **PRÉCIPICE** : j'en *frissonnai* !
Mais je voulais absolument tirer cette affaire au clair.

Je recommandai à Benjamin de ne pas bouger. Puis, **tremblant de peur**, je me laissai tomber sur une étroite corniche de **GLACE**, une dizaine de mètres plus bas.

Je m'approchai du mur de glace et **tendis** une patte, pour nettoyer la glace avec la manche de mon anorak. Sous la couche de neige, **J'ENTREVIS QUELQUE CHOSE**, qui ressemblait vraiment…

Je plissai les yeux pour mieux distinguer.

Je m'approchai du mur de glace...

À cet endroit, la silhouette était plus nette. C'était... c'était... mais oui, ... un mammouth, parfaitement conservé dans la GLACE !

Je tentai frénétiquement de me souvenir : *le mammouth est un animal préhistorique ressemblant à l'éléphant, mais plus petit, avec deux très longues défenses recourbées vers le haut et une épaisse fourrure brune. Il s'est éteint à la fin du pléistocène, il y a environ 10 000 ans...* Je sortis l'appareil photo de mon sac à dos et pris une série de photos au FLASH pour immortaliser l'animal.

Téa arriva alors et me demanda, anxieuse :

– Alors, tu l'as trouvé ? Tu as trouvé le yeti ?

Je secouai la tête.

– Non, je ne l'ai pas trouvé.

Elle parut déçue.

Traquenard ricana sous ses moustaches :

– Ah bon, tu n'as pas vu le yeti ? Étrange, bizarre, curieux, je croyais que, ce yeti, tu le voyais tout le temps : par-ci, par-là, par en haut, par en bas...

Je secouai la tête, toujours souriant.

– Non, je n'ai pas trouvé le yeti… mais j'ai trouvé un MAMMOUTH !

Je montrai l'appareil photo numérique et fis défiler sur son petit écran les clichés que j'avais pris.

Traquenard en resta bouche bée, souris abasourdie. Il couina :

– Un mammouth ! Geronimo a trouvé un MAMMOUTH !

Téa sautillait de joie.

– Fantastique ! Ça, c'est vraiment un SCOOP extraordinaire ! Je suis pressée de le publier ! *L'Écho du rongeur* va battre tous les records de vente ! J'imagine déjà la tête de Sally Rasmaussen, la directrice de *la Gazette du rat* : elle va être furieuse !

Benjamin s'écria :

– Tonton est fantastique !

Nous dînâmes, très excités, puis nous allâmes nous coucher.

Avant de s'endormir, Benjamin murmura timidement :

– Dis-moi la vérité, oncle Geronimo. Tu l'as vu, le YETI ?

Je chuchotai à mon tour :

– Mon cher Benjamin, le yeti existe, il existe vraiment. Mais il a le droit qu'on le laisse tranquille, et nous ne le dirons à personne. C'est un secret, d'accord ?

Benjamin sourit et me donna un baiser sur la pointe des moustaches. Puis il posa sa petite patte sur son cœur.

– Promis, tonton ! Nous n'en parlerons à personne ! Parole d'honneur de rongeur !

Parole d'honneur de rongeur !

UNE QUESTION, MONSIEUR STILTON...

Nous prîmes le chemin du retour (heureusement, il était en descente !). Dès notre arrivée à **KATMANDOU**, Téa dicta son reportage spécial pour la première page de *l'Écho du rongeur*. Puis nous partîmes. Le voyage me parut interminable.

Enfin l'avion atterrit à l'aéroport de Sourisia, la capitale de l'île des Souris.

Une foule de journalistes m'attendait.

– *Une question, monsieur Stilton !*

– Stilton, comment avez-vous découvert le mammouth ?

– Geronimo ! Voulez-vous nous accordez une interview pour une émission spéciale de **RAT TV** ?

Traquenard essayait de répondre à ma place :

– Pourquoi ne m'interviewez-vous pas, plutôt ? **Moi aussi, j'étais dans l'Himalaya !**

Mais les journalistes ne daignèrent même pas lui accorder un regard.

Je levai la patte pour leur imposer silence.

– **Écoutez-moi tous, je vous prie !** Je voudrais dédier cette découverte au professeur Ampère Volt, dont je regrette l'absence aujourd'hui !

Puis je racontai :

– Quand j'ai découvert le **MAMMOUTH** prisonnier de la **glace**, j'étais en compagnie de mon neveu Benjamin. Les photographes se précipi-

tèrent sur Benjamin.

Je désignai ma sœur Téa.

– Téa a filmé un magnifique reportage, qui sera diffusé ce soir sur toutes les chaînes de télévision de l'île des Souris…

clic !

clic !

ILS PHOTOGRAPHIÈRENT TOUS TÉA. *clic !*

Mon assistante Sourisette arriva alors.

– Monsieur Stilton ! Nous avons déjà vendu tous les exemplaires de *l'Écho du rongeur* ! UN RÉCORD ! C'est bien fait pour *la Gazette du rat* et Sally Rasmaussen !

Perdue dans la foule de journalistes, je vis Sally qui se rongeait de jalousie à cause de mon succès !

Les journalistes demandaient à grands cris :

– *Monsieur Stilton, pouvons-nous prendre une photo de vous sur la tribune officielle ?*

Je vis que Traquenard se tenait à l'écart, dans son coin. Il était **triste** et seul, personne ne semblait s'intéresser à lui.

Je lui dis **gentiment**, sachant que ça lui ferait plaisir :

– Traquenard, viens ici, près de moi... Je veux que toute la famille Stilton soit réunie sur la **tribune officielle** !

Il me regarda, les yeux humides d'émotion. Il m'embrassa, et c'est comme ça, embrassés et souriants, qu'on nous prit en photo.

Traquenard chantonna, heureux :

Quel succès sensationnel,
Quel triomphe exceptionnel !
Tout ça, grâce à mon cousin
(Qui l'eût cru ?), c'est quelqu'un de bien !

Voyage
Dans le temps !

Les mois passèrent. Le MAMMOUTH fut récupéré par une expédition scientifique spéciale, financée par *l'Écho du rongeur*. Rendez-vous compte : le BLOC DE GLACE fut détaché de la montagne et transporté entier jusqu'à Sourisia dans un navire frigorifique affrété pour l'occasion !

Puis le MAMMOUTH fut offert au musée des Sciences naturelles de Sourisia.

Là, on le décongela et les plus grands savants l'étudièrent : ce fut une source d'informations inestimable pour la connaissance de la vie au

PLÉISTOCÈNE !

MAMMOUTH

Enfin il fut exposé dans une vitrine et tout le monde put venir l'admirer.

On faisait la queue devant le musée...

Le succès de cette exposition me donna une idée : une collection de livres illustrés sur les dinosaures, mammouths et autres animaux préhistoriques, qui n'eut que des BEST-SELLERS !

D'autres mois passèrent.

Un jour, en relevant mon courrier électronique, je remarquai un e-mail qui me fit battre le cœur très fort.

Cher, très cher Geronimo,

J'ai lu avec plaisir le très intéressant article sur le mammouth que vous avez publié dans *l'Écho du rongeur*. Je suis honoré que vous m'ayez dédié cette découverte !

Ampère Volt

P.-S. : J'ai beaucoup apprécié votre discrétion à propos du yeti ! Je me trouve fort bien dans mon nouveau laboratoire sous-marin.

Ma nouvelle machine du temps est presque terminée : je vais pouvoir effectuer mon premier voyage dans le passé. Je vous demanderai bientôt de m'accompagner.

Au revoir !

En pièce jointe, il y avait une image de la nouvelle machine à explorer le temps du professeur Volt, avec cette dédicace :

À mon grand ami Geronimo Stilton,
à ce vrai noblerat
qui connaît la valeur de l'amitié...
Avec toute l'affection d'Ampère Volt.

Ah, l'amitié est vraiment quelque chose de rare et de précieux, plus précieux encore que le fromage affiné !
Je me demandai quand le professeur Volt terminerait sa machine à voyager dans le temps.
J'étais très ému de savoir qu'il voulait que je l'accompagne.
C'est vrai, je ne suis pas une souris courageuse, et je déteste les voyages, mais, pour un voyage dans le temps, euh, je ferai une petite exception...
Parole de Stilton, de *Geronimo Stilton* !

TABLE DES MATIÈRES

Geronimo Stilton

DANS LA MÊME COLLECTION

1. Le Sourire de Mona Sourisa
2. Le Galion des chats pirates
3. Un sorbet aux mouches pour Monsieur le Comte
4. Le Mystérieux Manuscrit de Nostraratus
5. Un grand cappuccino pour Geronimo
6. Le Fantôme du métro
7. Mon nom est Stilton, Geronimo Stilton
8. Le Mystère de l'œil d'émeraude
9. Quatre Souris dans la Jungle-Noire
10. Bienvenue à Castel Radin
11. Bas les pattes, tête de reblochon !
12. L'amour, c'est comme le fromage...
13. Gare au yeti !
14. Le Mystère de la pyramide de fromage

à paraître

15. Par mille mimolettes, j'ai gagné au Ratoloto !
16. Joyeux Noël, Stilton !

• Hors-série
  Le Voyage dans le temps

L'Écho du Rongeur
1. Entrée
2. Imprimerie (où l'on imprime les livres et le journal)
3. Administration
4. Rédaction (où travaillent les rédacteurs, les maquettistes et les illustrateurs)
5. Bureau de Geronimo Stilton
6. Piste d'atterrissage pour hélicoptère

Sourisia, la ville des Souris

1. Zone industrielle de Sourisia
2. Usine de fromages
3. Aéroport
4. Télévision et radio
5. Marché aux fromages
6. Marché aux poissons
7. Hôtel de ville
8. Château de Snobinailles
9. Sept collines de Sourisia
10. Gare
11. Centre commercial
12. Cinéma
13. Gymnase
14. Salle de concert
15. Place de la Pierre-qui-Chante
16. Théâtre Tortillon
17. Grand Hôtel
18. Hôpital
19. Jardin botanique
20. Bazar des Puces qui boitent
21. Parking
22. Musée d'art moderne
23. Université et bibliothèque
24. La Gazette du rat
25. L'Écho du rongeur
26. Maison de Traquenard
27. Quartier de la mode
28. Restaurant du Fromage d'Or
29. Centre pour la Protection de la mer et de l'environnement
30. Capitainerie du port
31. Stade
32. Terrain de golf
33. Piscine
34. Tennis
35. Parc d'attractions
36. Maison de Geronimo Stilton
37. Quartier des antiquaires
38. Librairie
39. Chantiers navals
40. Maison de Téa
41. Port
42. Phare
43. Statue de la Liberté

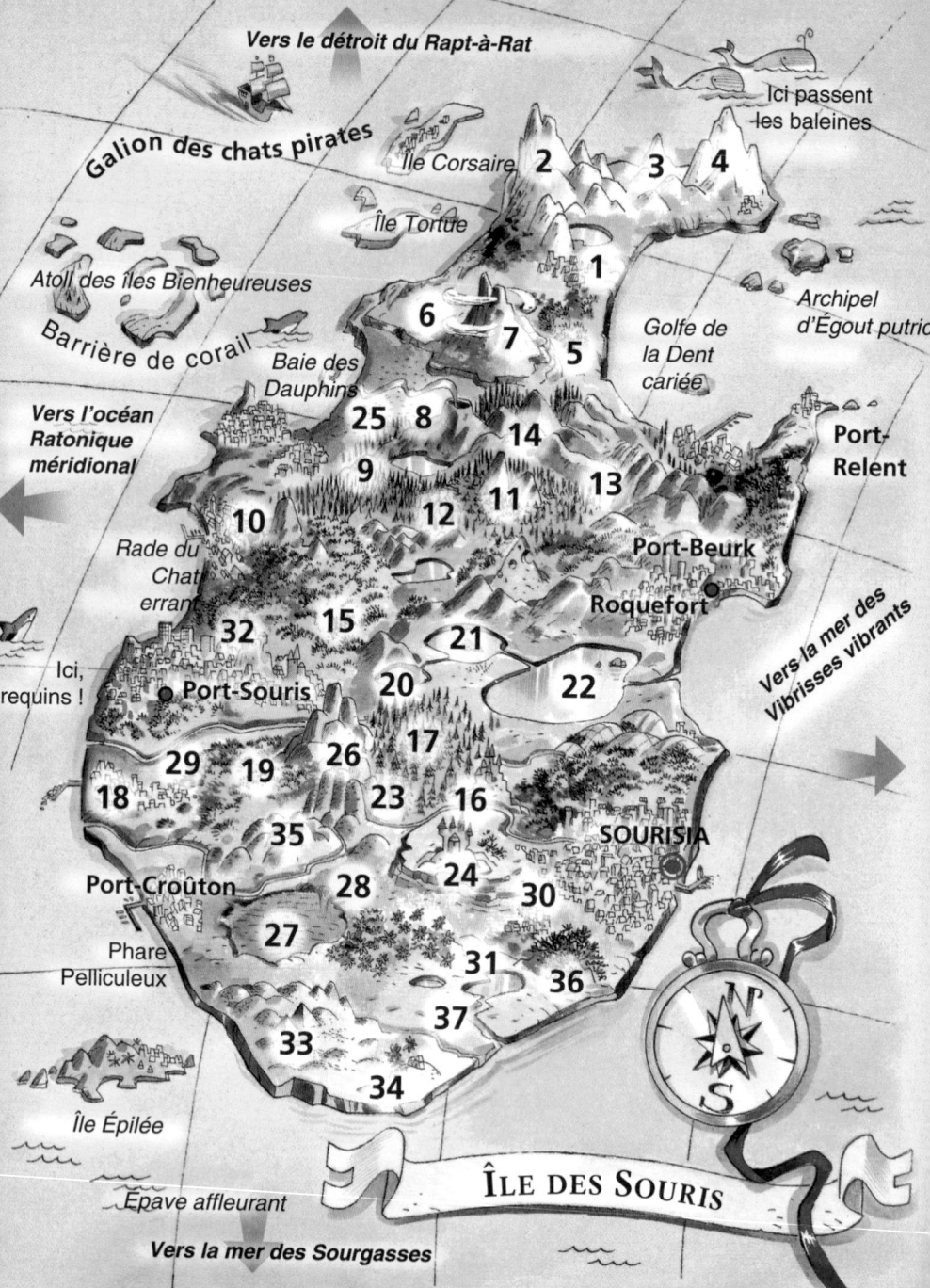

ÎLE DES SOURIS

Île des Souris

1. Grand Lac de glace
2. Pic de la Fourrure gelée
3. Pic du Tienvoiladéglaçons
4. Pic du Chteracontpacequilfaifroid
5. Sourikistan
6. Transourisie
7. Pic du Vampire
8. Volcan Souricifer
9. Lac de Soufre
10. Col du Chat Las
11. Pic du Putois
12. Forêt-Obscure
13. Vallée des Vampires vaniteux
14. Pic du Frisson
15. Col de la Ligne d'Ombre
16. Castel Radin
17. Parc national pour la défense de la nature
18. Las Ratayas Marinas
19. Forêt des Fossiles
20. Lac Lac
21. Lac Lac Lac
22. Lac Laclaclac
23. Roc Beaufort
24. Château de Moustimiaou
25. Vallée des Séquoias géants
26. Fontaine de Fondue
27. Marais sulfureux
28. Geyser
29. Vallée des Rats
30. Vallée Radégoûtante
31. Marais des Moustiques
32. Castel Comté
33. Désert du Souhara
34. Oasis du Chameau crachoteur
35. Pointe Cabochon
36. Jungle-Noire
37. Rio Mosquito

Au revoir, chers amis rongeurs, et à bientôt
pour de nouvelles aventures.
Des aventures au poil, parole de Stilton, de...

Geronimo Stilton